Double

LA CHARGE DV MARESCHAL DES LOGIS

Tant General que Particulier, foit de toute une Armée de Cavallerie & Infanterie en General, que d'une Brigade & Regiment de Pied & à Cheval.

GARIA · FIDES

OEVVRE
TRENECESSAIRE
& INSTRUCTIVE
POVR TOVS AMA-
TEVRS DE LA NO-
BLE ART MILITAI-
RE, & SINGULIERE-
MENT POVR CEVLX
QVI DESIRENT
HONNOR ABLE-
MENT PARVENIR
A LA CHARGE.

HAGÆ-COMIT.
EX OFFICINA
HENR·HONDII
CVM PRIVILL·

Par DAVID de SOLEMNE Mareschal de Logis General de la troisiefme partie de l'Armée de Meffeigneurs les Eftats Generaulx des Provinces Unies des Pais-bas, & Mareschal de Logis du Regiment de Monfeigneur ERNEST CASIMIR Comte de Naffau &c. & Jadis Mareschal de Logis General de toute l'Armée des Princes & Villes tle l'Union d'Allemaigne au Palatinat.

Imprimé à la Haye, par HENRY HONDIVS Sculpteur. Avec Previlege. cIↃ IↃ c XXXII.

Salut & Eternelle Dilection.

IL y à plus de vingt ans Tres-Puiſſants Seigneurs, & Tres-Illuſtre PRINCE, que j'ay eſté Mareſchal de Logis, tant de la troiſieſme part de voſtre Tres-Illu-ſtre Armée, & du Regiment de defunct Monſieur de Bethune, & du Regiment de Monſeigneur le Conte Erneſt de Naſſau &c. Lieutenant General de voſtre Armée, auquel temps & en laquelle Charge je me ſuis continuellement au faict de la guerre, principalement es choſes concernant la Charge, & le devoir d'un Mareſchal de Logis d'Armée, bref de tout ce qu'il en doit ſçavoir, par laquelle continuelle exercice & experience, je ſuis (par la grace de Dieu) parvenu ſi avant que j'ay trouvé & Inventé pluſieurs neceſſaires & profitables raritez, pour l'avantage & ſoulagement de toute une Armée en la ſuſdicte Charge, compriſe en ceſte preſente Oeuvre (Magnificquement Imprimé, & avecques tres-belles figures explicé, par HENRICUS HONDIUS Sculpteur) les Inſtitutions & bons enſeignements de laquelle bien Soigneuſement recerchées & exactement obſervées, rendra (Dieu aydant) ceulx qui en prendront la paine, cappables & recommandables pour pouvoir rendre un excellent ſervice & de conſideration à toute une Armée en general, & en toutes les parties d'icelle en particulier, voire pour l'honneur & profit du païs,

* 2

dont

dont le contenu de ceste presente Oeuvre tend singulierement, & en general à tenir & maintenir en tout bon ordre & exacte mesures, choses en un tel subject les plus particulierement requises, tellement qu'en premier lieu ce servira d'un plaisant Miroüer à ceulx qui si entendent d'un incitant esguillon, & clair luissant Flambeau d'Instruction aux jeunes Amateurs, les quels par la vertu de leur noble courage seront vivement poussez, de non seulement par venir à la parfaicte practique en l'Escole de ces regles & facilles Instructions, ains de pousser heureusement leur bonne fortune plus oultre, me faisant fort que touchant l'ordre de guerre, nulle meilleure ny plus excellente observation ne pourroit au Monde estre practicqué que ceste presente.

Et pour en dire vray la source de ceste Invention est originellement issue des premiers motifs de ce grand & fameux Heraut mõ deffunct Seigneur MAURICE PRINCE d'ORANGE, de tres-haute & tres-Illustre memoire, auquel aupres Dieu je dois le plus de lovanges & graces, car hors de son Escole est elle sortie & recussitée. Parquoy n'est doncq estrange qu'avec le Commun tous les Rois & Grands de l'Univers celebrent esternellement sa Tres-Illustre Renommée, ce qui m'a de tant plus exité l'hardiesse de Dedier & Consacrer à l'Hostel des Immortelles Magnanimitez de vostre Grandeur & Excellence ce mien Oeuvre, comme faict aussi lesdict H. Hondius de ces labeurs & despens &c. requis en iceluy

Demeurant à jamais

Leur tres-humbles fidels & tres-obeissants Serviteurs :

DAVID de SOLEMNE

&

HENRICVS HONDIVS.

HENRICVS HONDIVS

Au Benin Lecteur.

CHER AMY, Le grand practicien Sr DAVID SALEMNE, eftant par longues eftudes & continuelle experience de fa Charge & Vocation de Marefchal de Logis d'Armée, parvenu par la grace de Dieu, à chofes tant rare que non moins confiderable d'une finguliere exacte & facile Inftruction, pour l'avantage & foulagement d'un Marefchal de Logis d'Armée, je n'ay voulu mancquer de vous en rendre participant par la preffe & publication, d'autant que par l'Illuftration de plufieurs Plants d'Armées en figure Relevée & autres, avec les Inftruments à ce requis, conftruicts & inventez par grandiffime Labeur & Couftange, (j'ay auffi adjoufté le plan d'un Regiment d'Infanterie ainfi comme celle eft changé felon l'Ordre de fon Excellence FRIDERIC HENRY, Prince d'Orange &c. & cela pour l'abfence de l'Autheur fufdict,) Ce fera à mon advis tres-agreable, pour le plaifir utilité & plain contentement, de quoy j'ay tafché à mon poffible de te rendre une voluntaire fatisfaction. A Dieu te recommandant, de la Haye ce 10. de Feburier, 1632.

EXTRAIT DV PRIVILEGE.

Les Seigneurs Estats , Generaulx des Provinces Vnies du Païs-bas , ont accordé, Consenty & Octroyé à David de Solemne, Mareschal de Logis , ou à celuy qui aura son Action, de pouvoir seul faire Imprimer le present Livre intitulé, *LA CHARGE DV MA-RESCHAL DE LOGIS*, descrit par lesdict Salem, & ce en François, Flamend, Almand, & Anglois, avec deffenses à un chascun habitant de ces Pays de le contrefaire, soit de tout ou en partie, en petit ou en grand volume , ou en faire vente ou distribution venant d'autre pays , sans le consentement dusdict Salem, ou à qu'il apartiendra, sur peine desdicts Exemplaires ou Figures contrefaites, & par dessus de la somme de six-cents livres d'amende à quarante gros la livre, comme plus à plein est declaré en l'Octroy d'iceluy, donné du 29. Decembre 1626. & escrit sur du velin blanc, avec le Seau de leurs Seigneuries &c.

INDICES

Des grandes Cartes ou Figures, comme elles doibvent estre Inserées chascune en son lieu.

CHAPITRE I.

I.

Eux qui voudront exercer la charge de Marefchal des logis doivent premierement fcavoir l'Aritmeticque, à caufe qu'on doibt fouvent faire calculation, de combien de verges & pieds vng Regiment doibt avoir en front
pour tant de Compaignies, & chacune Compaignie pour tant de Soldats; auffy pour fcavoir combien de verges, & pieds vne chacune Compaignie ou
Soldat aura à travailler pour fa part aux trenchées, & chofes femblables, tellement
que Lignorance de c'efte fcience les rendroit incapable de cefte charge.

II.

Auffy eft de befoing de fcavoir bien dreffer le plan dun Regiment, voire d'une
Armée entierre, & quant & quant entendre les fondemens de la perfpective, pour
relever les plans fufdits, & auffy pour tracer les chofes les plus remarcquables, comme
aduenues, rivieres, Chafteaux, Maifons de plaifances &c. Et celuy qui veult entre-
prendre cefte charge, doibt eftre Amateur d'entendre la maniere de mettre en plan
non feulement, mais de les fcavoir relever en boffe, & les enluminer de leurs couleurs,
comme ayant trouvé que ces fciences m'ont efté fort neceffaires, ainfy qu'il apparoi-
ftray en ce livre, es figures de taille douce, & auffy es figures relevées en boffe, tant
d'Infanterie, de Cavallerie, d'Artillerie, des Huttes, Vivandiers, Chariots, & de tout
ce qui dependét d'une armée eftant en Campaigne, les ayant diftingué en fept tables,
defquelles dependent le logement d'une Armée, Comme font celles que jay pre-
fenté à fa Majefté Lovis xiij. Roy de France &c. par les Mains de Monfieur l'Am-
baffadeur du Maurier; lefquelles m'ont fait avoir autant d'experience du logement
d'Aarmée & des mefures qu'on obferve es fufdites fept parties, que fi j'euffe exercé
la mefme charge en Campaigne: fur quoy nous concluons qu'avecq l'Aritmeticque
& la Perfpective, ou du moins ces fondements font necefsaire, à celuy qui veult entre-
prendre cefte charge, comme auffy de fcavoir laditte fculpture.

III.

La declaration des Inftruments eftant neceffaire pour l'inftruction du Marefchal
de logis, car fans Inftrument ny Efquerre on ne peult marcquer les angles droicts;
or l'Inftrument pour marcquer les angles droicts, fe peult faire tel qu'il fe puiffe plier
comme vng compas, pour eftre plus portatif, & fur la branche du milieu de l'Inftrument A, quon appelle, diametre, font les partitions de toutes fortes de fortifications,
& deux courfeurs fur les aultres branches, avecq les degrez; tellement que l'Inftrument tout ouvert faict le demy cercle, ayant auffy vng compas derrierre fur les vis.
Lefquerre B. fe ferme aufsy comme vn Compas, & en chafcune branche y à deux
petittes pinnulles à poincte d'efguille, atachées au fons, & y à vn pertuis quarré derriere là ou il fe plie, afin de mettre vne vis au travers pour le tenir ferme à angle droict, au
bout de laquelle vis tranfverfante, y à vng vis, (comme on voit en la figure) c'eft Inftrument eft bien commode, comme aufsy ce fecond Inftrument duquel on fe peult
fervir, dune regle droicte, marcqué A, & la vifier B. avecq ung Compas ou cercle,
Comme eft aufsy fort propre la bucholle, toutefois chafcun peult faire en cecy felon
fa fantafie.

A   IIII. Du

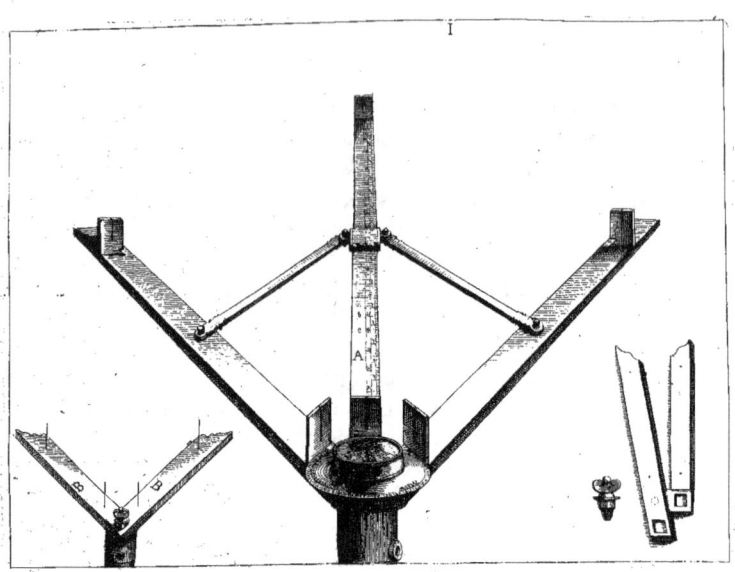

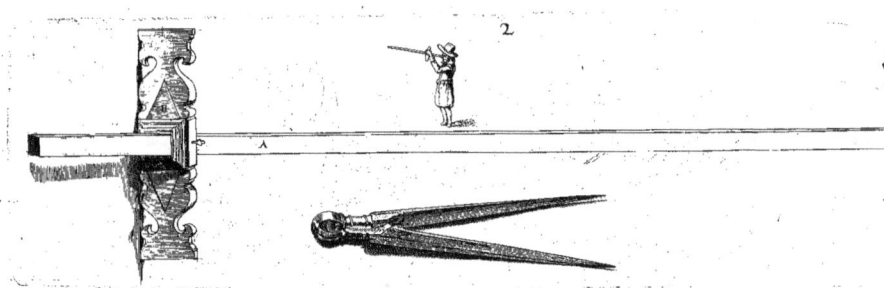

IIII. *Du Deuuidoir.*

Quant au Deuuidoir il eſt neceſſaire pour pouvoir aiſement meſurer & marcquer avecq la corde, toute meſure en Campaigne, car Iceluy tourne lors qu'on
guinde la corde, laquelle paſſe par la fente pres de A. or ceſte fente eſt faite afin de
retenir touſiours la corde ſur le deuuidoir, aſſavoir ſur les ſix chevilles qui y ſont, &
ſe peult la corde devuider auſſy vitte que peult courir celuy qui la tire, & au contraire ſe peult reprendre ſans ſe meſler ny embrouiller, par le moyen de laditte fente en
leſquerre; le manche ſe demonte d'avecq leſquerre, par le moyen d'une vis, & de
laultre coſté y à encore un aultre manche pour remettre la corde ſur le devuidoir,
comme le figure le monſtre.

V. *Comment*

V.   Comment la corde est marcquée.

LA corde doibt estre longue de 300. pieds, toute d'une piece sans neuds, de fine chanure, de trois cordons ensemble, & chascun cordon de trois filetz qui sont neuf en tout, & ainsy sera assez forte, toutefois ne doibt estre plus grosse qu'un lacet, que si on veult on la fera taner comme les voiles ou les rets de pecheurs, afin de ne se pourrir si tost, car ainsy elle durera plusieurs anneés, il est vray quend temps chaud & secq la corde salongist, & en temps humide elle se racourfist, car comme je l'ay esprouvé, elle racourcit sur 8. pieds, ung pouce, & en temps chaud & secq, elle sestend aussy d'un pouce sur 8. pieds, qui n'est pas chose de consequence ; & par le moyen de ce devuidoir, on pourra faire que tous les Regiments auront une mesme mesure, en toute l'Armeé, ayant preallablement faict marcquer toutes les cordes sur une mesme mesure, soit de verges ou de pieds, il fauldra en apres marcquer la corde en ceste maniere. On prendra du ruban de trois sortes, l'un jaune, lautre rouge, & laultre bleu, qui sont couleurs faciles à remarcquer, puis le couper par pieces à scavoir la longueur de laune de Flandre en six parties, & les coudre sur la corde, afin quelle ne trouve d'empechement en passant par la fente du devuidoir, puis il fauldra marcquer, à commencer de loeillet faict au bout de la corde comme on voit en la figure.

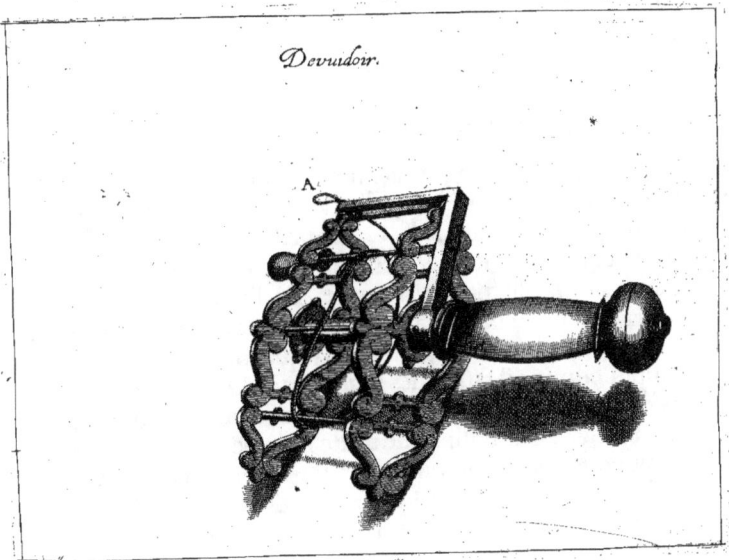

Devuidoir.

Les six marcques du Ruban jaune servant aux mesures de la hauteur & du Regiment d'Infanterie.

40. Pieds, premiere Marcque.   30. Pieds, 2^e Marcque,

180. Pieds,

4

| 180. Pieds. | 3ᵉ Marcque, | 30. Pieds. | 4ᵉ Marque, |
| 10. Pieds. | 5ᵉ Marcque, | 10. Pieds. | 6ᵉ Marcque. |

300. Pieds.

Les marcques de Ruban bleu, servant aux mesures de la Longeur, ou du front du Regiment, & seront de 8 pieds en huict pieds, pour avoir la longeur des rues, & des huttes des soldats, car elles sont toutes deux, chascune de huict pieds.

Les marcques de ruban rouge, serviront pour de notter le parcq du Colonnel & des haults officiers, & ny aura que deux marcques, chascune commencant à l'oeillet, qui est au bout de la corde, assavoir l'une de 68. pieds, & l'autre de 90. pieds: car les 68 pieds seront pour le front du parcq du Colonnel, & autât pour le parcq des haults Officiers, les 90, pieds seront pour la haulteur du parcq des Officiers, & autant de haulteur, aussy pour le lieu des Chariots qui sont au service du Colonnel, haults Officiers & des Capitaines du Regiment.

D'avantage on fera des marcques à la corde de soye de couleur consue en icelle, de deux pieds en deux pieds, pour s'en servir es choses ou on en auroit de besoing, faisant à ceste fin passer trois ou quatrefois leguille au travers de la corde, afin qu'elle ne se de facent aisement.

CHAPITRE II.
Des petits bastons tournez, pour marcquer les Quartiers.

DE tels petits bastons tournez, de la grandeur de ung & unghuictiesme d'aune, il en fauldroit cent & dishuict, pour pouvoir marcquer tout ung Regiment entier de douze Compaignies, estant la Colonnelle de deux cents soldats, celle du Lieutenant de cent & cinquante, & des aultres de cent, les susdits bastons seront pointus, pour les ficher facilement dans terre, & à l'aultre bout ung clou de cuivre, ayant la teste de la largeur du baston, pour estre d'autant mieulx aperceux de loing entre les harbages, desquels on aura plustost marqué son Regiment qu'un aulte naura amassé & coupe (comme il fault) des branches d'Arbres; & puis qu'and on les à marcqué de telles branches d'Arbres, les soldats passant, les ostent de la sans y penser, oules foulent aux pieds, d'ou sensuit que toute la peine qu'on auroit prise à marcquer le Quartier seroit pour rien, mais quand on void ces petits bastons, tout chascun voidt, que ce sont des marques du Quartier, mais ayant gravé les lignes au lieu diceulx par le moyen de la charue, a lors on les ostera, & fault qu'ils ne soyent pesans, mais portatifs.

Du Marquoir ou Racloir, servant au lieu ou on auroit deffaut de Croye, pour marcquer les maisons.

ICeluy est un fer de telle façon comme on voit en la figure suivante, avecq lequel on peut fort aisement marcquer ce qu'on voudra, sur une porte ou ventillon de feneftre,

feneftre, & plus feurement qu'avecq la croye, laquelle fefface aifement, & fouvent
on la neglige, ou fe vient à rompre, tellement que tel Inftrument de fer & plus commode, ayant preallablement à verty tous les Capitaines & Sergeans qu'on marque-
ra les maifons, de tel & telle marque ou laiftre. or ce Racloir fe pourra meftre à la
pochette, & afin de ne fe pas bleffer, on y pourra mettre un bouton marcqué icy
A. & le Racloir marcqué B. lequel fe plie, ou fapplicque dans l'Inftrument, lors qu'on
n'en à plus de befoing, or le fer C. eft propre à faire ung cercle, ou chofe femblable.

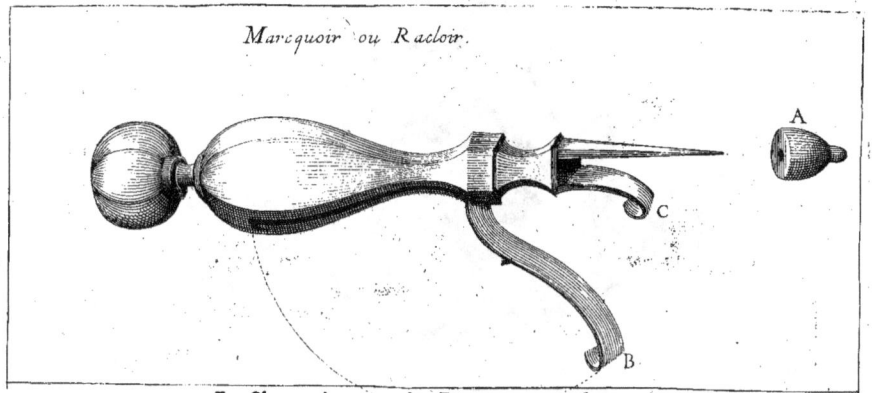

Marcquoir ou Racloir.

La Charue à graver des Lineamens fur la terre.

LOrs qu'on à marcqué les extremitez d'une ligne avec des baftons, & que la ligne
Imaginaire n'eft pas affez propre pour pourfuivre le deffein, on à de couftume de
tracer en terre la ligne par le moyen d'une beche, en eflevant autant de terre que pour
y coucher deux ou trois doibts, ce qui eft affez tardif, mais la Charrue de fer, dont la
figure eft icy iointe, laquelle à le becq d'Acier, & faict le mefme en petit volume que
la charrue des laboureux, dont la grandeur doibt eftre telle qu'on puiffe tracher une
ligne profonde & large de trois ou quatre doibts, & puis mettre un bafton au
manche de trois & demy pied de long, felon que la ftature de celuy qui s'en veut
fervir, eft grande ou petite, & vault mieux qu'il foit pluftoft trop long, que trop court,
veut qu'il eft plus difficil de s'en fervir lors qu'il eft trop court qu'autrement, quand
c'eft qu'on veut graver une ligne en terre, il fault le pouffer devant foy, ou bien en
faifant le contraire, on le peult faire tellement qu'en le tirant apres foy il face le mefme effect, ce qui eft à la difcretion de celuy qui le faict faire. Il fe demonte par fix
vix comme on le peult remarcquer en la figure. & la platine A. derriere la pointe, eft
un peu pliée, pour Ietter la terre à cofté, comme en la Charué des laboureux, les
roues font que lefdit Inftrument coupe par tout du mefme profondeur, auffy tant
plus les roves font diftantes & tant plus droict' va t'on, or ceft Inftrument ne peult
fervir la ou il y à des fafcines des bles femez, & ou fe trouve de la paille, a caufe que
la paille demeure toufiours devant le tranchant, aufsi fi la tranche en terre eft trop
profonde, il fault que les roves foyent plus grandes, autrement fi la tranche eft trop
eftroicte, ou non affez profonde, il fault ramoindrir les roves, & fi l'on veult on fe
faict de cuivre creux, pour eftre plus portatif dans ung fac.

Du

Charue.

Du Devuidoir & Corde, que doiuint avoir les Sergeans.

CEfte corde doit eftre longue de 180. ou bien de 200. piedz, felon l'ordre qu'on obfervira au baftiment des rangs des huttes des foldats, car l'on ne donne aulcune-fois que 180. pieds pour tel baftiment, mefmes les Capitaines difent avoir affez de ces 180. pieds, & les deux rues font alors de 30. pieds de largeur, affavoir la rue entre le parcq des Capitaines, & les huttes des Lieutenans & Enfeignes, & la rue des Vivandiers large auffy de trente pieds, tellement que la mefure fufdite de 180. pieds (pour les foldats) eft beaucoup meilleure, que celle de 200. pieds, car les deux rues des Capitaines & Vivandiers font trop eftroictes de 20. pieds qui fe faict lors que les foldats ont 200. pieds.

Ce devuidoir & Corde des Sergeans, eft autant profitable pour le pays qu'empor-te le dommage, que les Sergeans font en degatant de la mefche au lieu dicelle, lors principalement que la terre eft moite & fangeufe; auffy que ladite' mefure de corde ne peut coufter que 20. ou trente fouls, ce que les Capitaines doivent debourfer, & peult durer plufieurs anneés, & auffy eft l'honneur d'un Capitaine, que la Com-paignie foit bien logée, & les huttes en ligne droicte, & auffy les Sergeans portent avecque eulx cefte mefure, lors qu'ils favent qu'on doibt marcquer les quartiers, par-quoy quand le Marechal de logis à Marcqué le Quartier, les Sergeans attachent l'oeillet de leur corde au petit baton tourné, que le Marechal à fiché en terre, la ou commence la hutte du Lieutenant & enfeigne, & court avecq fon devuidoir vers le petit bafton tourné ou le dernier des rangs des huttes finift, & iceux Sergeans font tenus de laiffer leur corde bien droictement eftendue fur terre, jufques à ce que

les

les foldats ayent planté leurs fourchettes devant & derierre leurs huttes, fur la ligne, ou bien des petits baftons au lieu des picques & fourchettes, afin qu'ils foyent logéz (tout le quartier) en une mefure efgale, & en bon ordre.

CHAPITRE III.

CE que les Marefchaux des logis doivent fcavoir premierement, & auffy demarider quand c'eft qu'on doibt marcher en Compaigne.

I.

Ilz doivent fcavoir premierement toutes les mefures qu'on obferve, en logeant ung Regiment d'Infanterie.

I I.

Item le Marefchal fudict, doibt demander une lifte, pour fcavoir combien de Compaignies de fon Regiment viendront en Compaigne, & de Combien de foldats fera chafcune Compaignie, foit de 100. de 150, ou de 200. hommes afin qu'il fe puiffe regler felen la grandeur des Campaignies en diftribuant les mayfons, ou leur logement en Campagne, fcachant auffy l'ordre de leur marcher, pour les loger felon ledict ordre, evidant par ce moyen beaucoup de defordre, de querelles & difputes, & faifant bonne computation combien yl fault de pays en front pour loger fon Regiment, veu qu'il peult que l'Ingenieur qui diftribue les diftances, s'abufe en donnant trop peu d'efpace à qu'elqu'un des Regimens.

I I I.

Le Marefchal fufdict, eft auffy tenu d'aller recevoir les Chariots pour le Colonnel, les Capitaines & les Officiers de fon Regiment, & les diftribuer, & à cefte fin s'adreffer au generael des Chariots, fenquerant de luy combien il en à efté ordonné pour fon Regiment, Car un Colonnel à trois ou quatre Chariots, le premier Lieutenant un pour fa perfonne, & un pour le Sergeant Mayor avecq le Marefchal des logis, encore deux aultres Chariots l'un pour la Compaignie & l'aultre pour le Chirurgien avec le Prevoft, Comme auffy les Capitaines chafcun ung qui font fept ou huict Chariots, fans ceux des Capitaines, d'avantaige quand il les recoict qu'il en tienne bonne notitie, tant du nom & furnom des Chariots, & de quel lieu, joignant le nom du Capitaine, ou de celuy à qui chafcun Chartier appartiendra, aucunefois il y à un Conducteur des Chariots ordonné pour commander les Chariots d'un Regiment, lequel prend garde tant aux Chariots qu'aux Chartiers, afin de les faire marcher extraordinairement, felon qu'on auroit befoing deux, pource qu'en telle occafion ce font des Mefsieurs qui fe font chercer de bourdel en taverne.

I I I I.

Quand aux bateaux, le Colonnel en à un pour emmener fon bagagie, les haults Officiers, comme le Lieutenant-Colonnel, le Sergeant Major, Marefchal de logis, le Miniftre, le Chirurgien & Prevoft en ont ung aultre, & les Capitaines ung aultre

pour

8

pour leurs bagages. tellement que chafcun Regiment en à trois bateaux. que s'il y a
des Malades & blecez, ung des fufdits fervira pour les mener en leur garnifon ou en
l'hofpital. Auffy il fault aller recevoir les bateaux pour emmener les Compaignies
en leur garnifon quand l'Armée fe retire du Camp, le Marefchal des logis fera doncq
tenu de s'adreffer au Capitaine des bateaux, fcavoir de luy combien il doibt recevoir
de bateaux pour fon Regiment, & en Recevant les bateaux il meftera le nom &
furnom des maiftres dicelles par efcrit, & les Villes de leurs demeures, auffy combien
les bateaux contiennent delaft, item le nom du bateau & de fa forme, à favoir fi c'eft
ung Cague, ou fmalfchip, une heu, ou Cravelle, & en donnera notice au Sergeant,
afin que perfonne aultre ne vienne à y meftre bagagie ny chofe quelconque.

V.

Auffy lefdit Marefchal des logis eft tenu de f'enquerir des Sergeans tout les huict
jours, ou comme cela du nombre des Malades de leurs Compaignies, lefquels Sergeans en doivent tenir notice, pource que lefdict Marefchal en donne ung rolle au
Secretaire du General de l'armée, d'autant qu'iceluy commande alors d'efcrire aux
Bourgemaiftres de Villes, (ou il les veult envoyer) pour accepter aultant de malades
& de blecez, les faifant pencer & guerir es hofpitaux, ou ilz font bien nettement
traictez, & mieux que dedans leurs maifons, parquoy le Marefchal ayant receu ung
Bateau, donne la laiftre du General de l'Armée aux Sergeans, avecq le nom du Baftelier, & aultres circonftances, lequel baftelier recoit puis apres laditte laiftre des Sergeans, pour la donner aux Bourgemaiftres de la Ville.

Quand l'Armée fe departe du Camp pour retourner en garnifon, lefdict Marefchal va recevoir les bateaux du Capitaine des bateaux, comme une famoureufe, ou
deux ou trois bateaux pour une Compaignie, il meftra les noms des bafteliers, &
bateaux par efcrit tout en bonne forme (comme cy deffus eft dict amplement) donnant ce billet aux Sergeans, qui vont puis apres cercher lefdicts bateaux. Mais ordinairement le General de l'Armée faict premierement meftre en ordre tous les bateaux de chafcun Regiment, deux ou trois jours devant que de partir, affin que l'Armée s'embarcque aifement, & par bon ordre.

CHAPITRE IIII.

DEclaration de l'ordre qu'on obferve, quand l'Armée Marche, comme l'Avantgarde, & comme on la loge es Villages &c.

Le Marefchal des logis fenquerra du Sergeant Major du regiment de l'ordre du
marcher, pour fcavoir quelles compaignies marcheront de vant, afin de les loger es
Villages, ou en Campaigne, felon leur ordre de marcher, & felon la quantité des Soldats en chafcune Compaignie. Et auffy fi fon regiment (ou le Marefchal eft) aura
l'Avantgarde, la bataille ou derrierre garde, car on diftribue les Armées en trois troupes, & changent auffy tous les jours, veu que celles qui ont eu l'Avantgarde aujour-
dhuy, auront le lendemain l'arrierre garde, & partant on les loge à lentrée du Village,
le

le diftinguant auffy à cefte fin en trois parties, laquelle feparation fe faict par le Marefchal de logis, de la tierce partie de l'Armée, tellement que le Regiment qui aura eu
la Bataille, ou ont marché au milieu, fera logé à lautre bout du Village, pource qu'il
aura le l'endemain l'Avantgarde, & ce Regiment qui aura eu l'Arrieregarde, aura le
lendemain la Bataille, & partant fera preallablement logé au milieu du Village, c'eft
à dire doncq que celuy qui aura eu le premier jour l'Avantgarde, l'aura encore le quatriefme jour, & fi l'Armée eft divifée en quatre troupes, l'Avantgarde retournera à
l'eftre encor vne fois au cincquiefme jour, & fil y à denx regimens d'vne nation, alors
on le laiffe avoir deux jours fuyvant l'Avantgarde ou l'Arrierregarde, toutes fois ne
laiffant pas de changer, & c'eft pour ne feparer les deux Regiments de l'un lautre,
lors qu'il y en à plus de trois en la troupe, & fil ny à que trois Regimens en la troupe,
voire deux d'une nation, il les fault alors feparer, à celle fin que chafcun Regiment
aye l'Avantgarde à fon tour, & fi paravonture cincq ou fix Regiments en vne brigade ou troupe, comme deux Regiments d'Allemans, & deux Reg: de frifons, & vng
ou deux d'Efcoffois, alors on laiffe ainfij les deux Regiments d'une nation avoire
deux jours l'Avantgarde, & deux jours la Bataille, & puis l'Arrieregarde, pour ne feparer les deux nations quant on marche, toutefois ils changent entreux participant
l'un apres laultre de l'Avantgarde, on pourroit dire icij beaucoup de chofes lors qu'il
y à cincq Regiments en vne troupe, mais pour eviter prolixité nous le delaiffons,
tant y à quon logera les mefme nations enfemble aux villages, ce que nous defigne-
rons par les laiftres de A. B. C. D. fignifians les Regimens, auffy les maifons, pour
monftrer en quelles maifons doivent loger ces regiments, comme en l'Avantgarde
la Bataille, & Arrieregarde, que s'il y à quatre regimens de diverfes nations, on fepa-
rera le village en quatre parties, le Marefchal fufdict efcrira l'ordre du marcher pour
ne s'abufer, comme vng tel regiment ou brigade à en le tantiefme du mois l'Avantgarde, un tel la Bataille, & faifant vne petite lifte pour quinze jours ou vng mois,
dans les tablettes, & celuy fera vng grand avantage de fcavoir comment fon Regiment marche, & auffy ne faudray jamais à le loger ou il doibt, es villages & maifons
qui leur apartienent, car en vng clin d'oeil il verra dans fes tablettes comment ilz
merchent, & par confequent comment ilz doivent eftre logez pour marcher le lendemain, tellement que par l'A. B. C. nous entendrons le changement du marcher
des regiments, & en quelles maifons logez.

   Premierement A, denotte le regiment, ou la troifiefme partie de l'Armée, lef-
quelz ont eu l'Avantgarde, & B. fignifie le regiment ou troupe qui à eu la Bataille,
& C le regiment qui à eu l'Arrieregarde, or on remarcquera maintenant comment
les laiftres changét, fcachant premieremét, que A, a eu le premier jour l'Avantgarde

                     B. le premier jour la Bataille
                     C. le premier jour l'Arrieregarde

B.⎫   ⎧l'Avantgarde   C.⎫   ⎧l'Avantgarde
C.⎬ aura le 2. jour ⎨La Bataille   A.⎬ aura le 3. jour ⎨La Bataille
A.⎭   ⎩l'Arrieregarde.   B.⎭   ⎩l'Arrieregarde.

                            B   Et

Et le quatriefme jour comme au premier, tellement qu'on peult remarcquer par ces laiftres l'ordre comment l'Armeé marche en quatre troupes ou en cincq, cela retarde vng jour ou deux que A, aura l'Avantgarde.

Fault auffy que le Marefchal fache quel Regiment doibt eftre logé à droite lors qu'on marche en rangs, & qu'il y à vng village le long d'une digve ou rue, alors fi le Marefchal doibt loger fon regiment à l'un cofté de la rué, il fault que la Compaignie Colonelle foit logeé es maifons la premiere, & toufiours à droiéte du Regiment, & les aultres Compaignies felon leur ordre du marcher, comme le Sergeant Major du Regiment luy en aura donné notice par efcrit, par exemple fil fault loger le Regiment au cofte gauche de la rue, pour marcher vers le nort, alors il fault loger la Compaignie Colonelle vers le midij, combien qu'on marche vers le nort ou feptentrion, d'aultant (comme dict eft) quelle doibt eftre toufiours à droiéte, & le lendemain marche la premiere, paffant le long des aultres qui font halte fependant, pource que la Colonelle doibt eftre devant vers le nort.

Le Marefchal General des logis va devant pour faire les quartiers, le fourrier prend permierement autant de maifons qu'il en à de befoing pour tout le train du General, pour les Ambaffadeurs, & Seigneurs eftrangiers, & pour les Eftats deputez de l'Armée, apres le Marefchal fufdiét diftribue au forrier le refte des maifons du village, logeant la plus part au village ou loge la Cavallerie, puis eft logé le General de l'Artillerie, apres le Lieutenant General de la Cavallerie, & en fuivant le Sergeant Major General, le Marefchal de logis, le Prefident, le Greffier du confeil de guerre, le Prevoft General, le Marefchal General de la Cavallerie, de General des vivres, les Commiffaris de monftre, & plufieurs aultres Officiers, que le Marefchal de logis eft tenu de loger, excepte le train du General de l'Armeé.

Le Marefchal de logis fufdiét, eftant enuoyé devant pour faire les logis, n'eft obligé de monftrer à chafque Marefchal leur maifons, ains monftre feulement les villages aux trois Marefchals des logis ou chafque brigade doibt loger, difant en tel village logera l'Avantgarde, la la bataille, & la l'Arrieregarde &c. Et fault que le Marefchal General aye premierement recognu le chemin marcqué par le laiftre D, par lequel l'Armeé doibt marcher le lendemain, avant qu'il monftre les villages & logis au fufdiéts Marefchals,

Declaration de l'ordre du marcher fignifie par A. B. C. &c. & fcavoir ou ilz doivent marcher le lendemain par le chenim D.

Le Regiment ou Brigade A qui à en le premier jour l'Avantgarde, aura le lendemain l'Arrieregarde, & logera au premiere village B. ou commenceront les quartiers B. parce que c'eft le plus proche village du chemin D. & que lediét logera au village C. parce que c'eft le plus proche de B. & que ladiéte troupe C. aura de main la bataille.

Le

Le deufiefme ordre eft fcavoir loger es fuivant villages A. B. C. pour marcher le lendemain par le chemin D.

Le troifiefme ordre eft de loger es fuivants villages pour marcher le lendemain par le chemin D. les trois premiers lettres fuivantes C. B. A. fignifiant les trois brigades de l'Armée.

Le quatriefme ordre eft de loger les trois brigades, es trois villages, comme fe voit en la fuivante figure, pour marcher le lendemain par le chemin D.

Le cincquiefme ordre eft de loger les trois brigades es villages felon l'ordre qu'ilz doivent marcher le lendemain, dont la brigade B, marchant le plus loing, pource quelle à la bataille, & demain aura l'Avantgarde, logera au village le plus proche à D. la brigade C. qui à la bataille, logera au village C. parce qu'elle aura l'Avantgarde le lendemain.

Le fixiefme ordre eft de fcavoir loger es fuivantes villages pour le lendemain par le chemin D.

Le feptiefme ordre eft de loger es fuivantes villages, & marcher le lendemain par le chemin D.

Icy fault que le Marefchal de logis de la troifiefme part de l'Armée, prenne bien garde comme les villages font fituez, & comme vont les rues diceux vers le chemin D. afin que les Regiments foyent logez felon qu'ilz doivent cheminer le lendemain, dont ledict Marefchal fe doibt enquefter des advenues aux dicts villages.

Sy l'Armée marche en quatre troupes, la première eft nommée, la premiere troupe de l'Avantgarde, la feconde troupe, eft nommée l'Avantgarde de la bataille, & la troifiefme, l'Arriere garde de la bataille, & la quatriefme, l'Arriere garde de toute l'Armée. & au lieu qu'on ne prend que trois villages, pour trois troupes on en prend quatre villages, pour les quatre troupes.

Et fy l'Armée marche en fincq troupes (ce qui aduient rarement) on prend fincq villages, il arrive bien, qu'une Armée loge auffi en un ou deux villages, pour ne feparer point l'Armée, ou les troupes l'une de l'aultre, felon que l'occafion fe prefente, & que l'ennemy eft loing ou pres de nous.

Ainfi que nous avons faict mention des logements d'une Armée confiftent en fept parties, à fcavoir l'Infanterie, la Cavallerie, le quartier du General, celuy de l'Artillerie, des haults Officiers, des Marchants & Vivandiers, & en fin celuy des Chariots, defquelles fept parties nous deduirons enfuivant la charge des Marefchals de logis d'Infanterie, & des mefures qu'on obferve en iceux Regiments, & de fes marcques.

CHA·

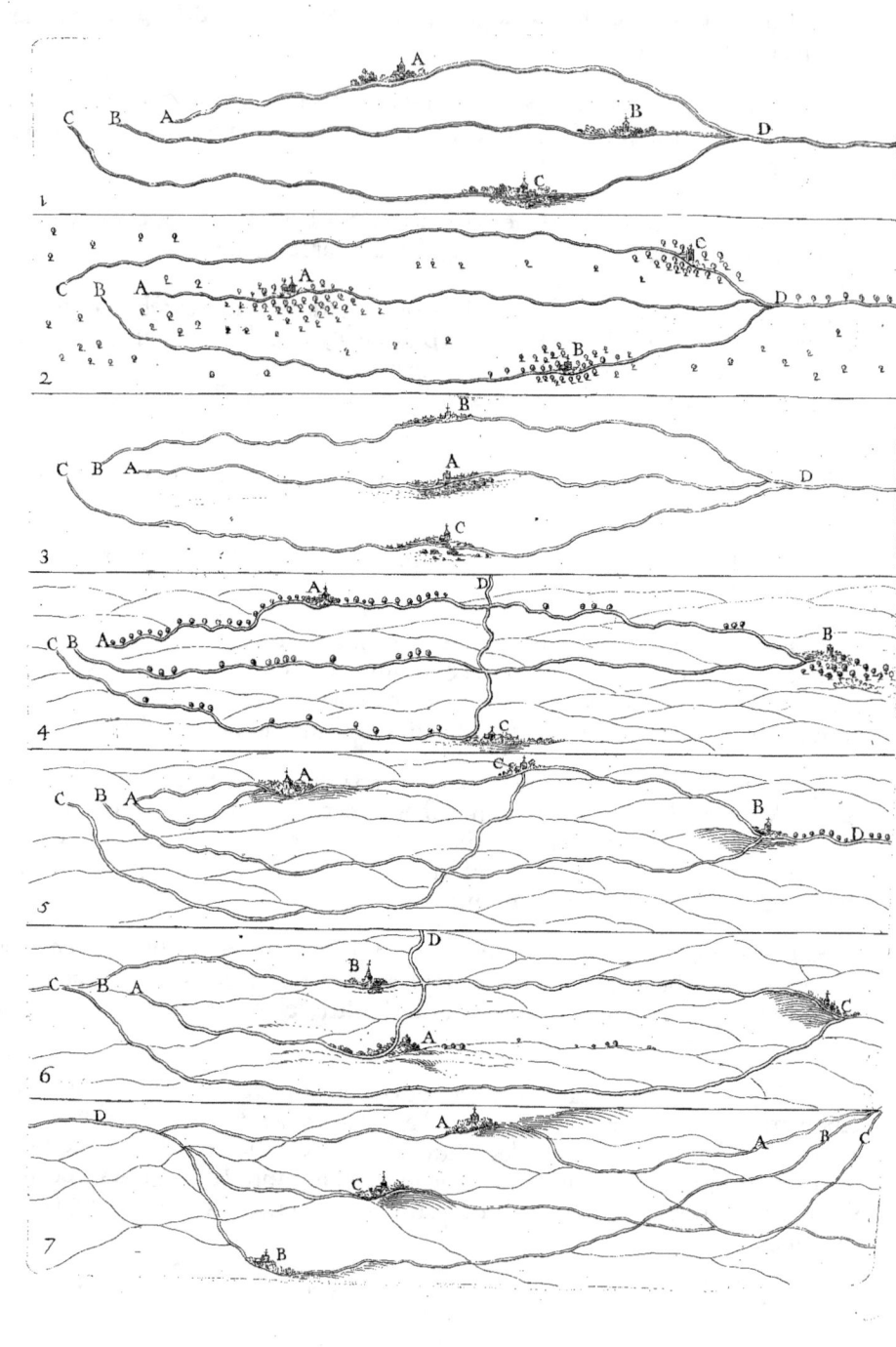

CHAPITRE V.

De la premiere partie touſchant le logement d'un Regiment d'Infanterie.

PRemierement commencerons comme l'on loge es Villages, que l'on doibt diſtribuer les maiſons aux Collonels & Officiers, & les Compaignies.

Le Mareſchal de logis d'un regiment d'Infanterie, ayant receu ſes maiſons du
Mareſchal de la troiſieſme partie de l'Armeé, fault qu'il chaiſiſſe premierement la
meillieure pour loger ſon Colonnel, ung maiſon pour le Lieutenant Collonnel, &
pour le miniſtre, ung pour le Sergeant Major, un pour le Mareſchal de logis, un pour
le Chirurgien & le Prevoſt, & apres pour les Compaignies autant de maiſons que
chaſqu'une aura de beſoing, ſoit un deux ou trois maiſons pour Compaigne, il arrive bien auſſy que deux Compaignies logent en une maiſon, & trois Compaignies
en deux maiſons, mais le Mareſchal des logis conte premierement combien de maiſons il y à, & prend auſſy eſgard à la grandeur d'icelles, & des granges & des Eſtables,
à celle fin d'y loger des Compaignies ſelon quelles ſont fortes, ſoit de cent, cent &
cincquante, ou de deux cents hommes, pour les diſtribuer tant eſgalement qu'il luy
ſera poſsible, & ſelon l'ordre du marcher,

Or combien que tant eſgallement que le Mareſchal puiſſe diſtribuer les dittes
maiſons, le face difficillement au contentement de tous les Capitaines, ſi fault il pour
tant qu'ilz s'en contentent ſans y contredire, moyennant que le Mareſchal ne pre-
fere plus l'un que l'aultre, & pour mettre tous maiſtres de logis en leur Charge, il y
aura certaine ordonnance du Conſeyl d'Eſtat de guerre, par laquelle ſera deffendu
au 52. Article, que perſonne de quelle qualite qu'il ſoit n'aye à s'oppoſer ne contre
dire au Mareſchal de logis, en ce qui deppend ſa charge ſur paine de la vie, le Mareſchal des logis ayant marcqué de croye ou avecq le racloir ſudit les noms des Capitaines & aultres, aux portes ou feneſtres des maiſons, & faict le quartier, il s'en yra
au devant du regiment pour le mener au quartier, dont les Sergeants ſeront tenuz
d'aller une demye hieure au devant du Mareſchal, pour recognoiſtre leur maiſons &
logis, & doivent leſdicts Sergeants emmener chaſqu'un deux Soldats avecq eulx,
pour garder les maiſons, car l'Avantgarde arrivant, pilleroyent les maiſons s'il n'y
avoyt perſonne pour les garder, & doivent leſdicts Sergeants prendre telle recognoiſ-
ſance de jour, afin qu'arrivant de nuict, ſcachant adreſſer leurs Capitaines, ou aulce-
ment le Mareſchal des logis faict aulcunefois des billets des noms des payſants, & s'en
va les donner aux Sergeants des regiments, leſquels incontinent vont quant & quant
chaſqu'un avecq deux Soldats, pour recognoiſtre & faire garder leur maiſons.

CHAPITRE VI.

*Declaration comme l'on meſure & marcquè les quartiers d'un Regiment
d'Infanterie, quand' on loge par ordre.*

PRemierement le Mareſchal des Logis regarde avecq ſon Inſtrument, ſi l'Ingenieur à bien marcqué droict en l'Eſquere avecq les quatre marcques ou bande-
rolles,

B 5

rolles,&'s'il ne s'eſt point abuſé au plan de l'Armcé, à ſcavoir s'il à donné aultant de
verges comme il fault,pour loger le regiment, doncq le Mareſchal plantera ſon inſtrument à l'angle A,le meſtant ſur l'Eſquerre, & tirera la grande ligne en l'angle A,
du plan que l'ingenieur à faiĉt,fichant le baſton de ſon inſtrument à lendroiĉt de la
grand marcque , puis ficher un des petits baſtons mentionné contre lediĉt baſton de
l'inſtrument,y attachant l'oeillet de la corde de trois cent picds,pour en meſurer premierement la háulteur & le ſlancq du regiment , & ayant,attaché l'eſquiere à la corde
du petit baſton,qui eſt fiché contre le baſton de l'inſtrument,on fera courir l'aſsiſtant
avecq le devuydoir,vers la grand marcque que l'ingenieur a planté à laultre angle G,
& bander la corde bien droiĉte ſur la terre , puis fichez ung des petits baſtons four
nez ſur chaſque marcqué de rubant, apres guyder la ditte corde avecq le devuidoir,
vers la grand marcque que l'ingenieur à faiĉt a langle O, & y poſer un des petits baſtons,y attachant loeullet de la corde , & tirer dicelle vers l'aultre angle H, bandant la
corde bien droiĉte,fiches un des petits baſtons ſur chaſque marcque,ce la faiĉt, fault
remaſſer la corde ſur le devuidoir,tous les licus marquez en la largeur ou front du
regiment, ſont touſiours droiĉts, parce que les deux coſtez ſont marcquez premierement,or pour marcquer la largeur ſe faiĉt comme s'enſuit, commencant derechief
par le premier angle A,on attache l'oeullet de la corde à un petit baſton fiché audiĉt
angle , tirant d'icelle avecq le devuidoir vers l'angle O, & tendre la diĉte corde bien
droiĉte, ficherez de petits baſtons à chaſque marcque ou meſure d'icelle, pour marc-

quer les parcqs des Capitaines , & celuy du Collonel, que si le regiment est de dix, douze, ou quinse Compaignies, il fault estendre la corde deux fois, pour marcquer le front d'iceluy (d'aultant que la corde n'est que de trois cent pieds) & attacher loeullet au petit baston A, puis mestre le devuidoir au petit baston marcqué de la laistre N. pour en marcquer le derriere des parcqs des Capitaines & du Collonel, bendant tousious la corde bien droicte, & ficher sur chasque marcqué un petit baston, puis attachez la corde au baston C. & mestez le devuidoir à celuy de M, pour marcquer les rues & le devant du rang des huttes des Soldats, lesquelles huttes & rues sont de huict pieds de large, bendant la corde droicte fault de huict en huict pieds ficher vng petit baston en terre, & attcher icelle au baston D. & mestre le devuidoir à l'L. bandant la corde droicte, ficher encore des petits bastons de huict en huict pieds, pour marcquer le derriere des rangs des huttes des Soldats, puis attacher la corde au petit baston E. & mestre le devuidoir au baston K. pour marcquer le devant de huttes des vivandiers, & attacher la corde au baston F. mestant le devuidoir à celuy de I. pour marcquer le derriere des rangs des dittes huttes, puis attacher la corde au baston G. & mestre le devuidoir à celuy de H. pour marcquer la derriere ligne du regiment, laquel ligne est ou les vivandiers doivent faire leur feu pour cuysiner, laquelle estant tirée bien droicte on la trasse avecq des pales, ou avecq la charrue, apres on va marcquer la place des Officiers & chariots, qui à trentequatre pieds en front, & cinquante de haulteur, pour les quatre Officiers, à scavoir le Ministre, Mareschal de logis, Chirurgien & Provost, 90. pieds de haulteur, & 68. pieds de largeur, pour y mettre les chariots du regiment comme on voit clairement au plan de la susditte description.

CHAPITRE VII.

Contenant l'ordre de Amener le Regiment &c.

LE Mareschal des logis ne doibt amener son Regiment au travers le quartier d'un aultre regiment estant marcqué, pour eviter grande disputes, mais il le peult mener par les places ordonneés pour les Officiers & chariots, aultrement chasque Compaignie peult estre conduitte par derriere à travers les rangs de leur quartier, les Sergeans venants tousiours devant pour recognoistre leur quartier & logements, tellement que chasque Compaignie peult aisement ainsi estre conduitte, que si le Mareschal menoit son regiment au travers d'un aultre regiment marcqué de bastons ou de rameaux, les Soldats romperoyent & arracheroyent lesdictes marcques, qui rendroit grande confusion au Mareschal, qui auroit pris tant de paine à les marcquer.

CHAPITRE. VIII.

Declarant les mesures observees au plan precedent, du regiment d'Jnfanterie, comme l'on doibt mesurer, & marcquer par le devuidoir & corde.

PRemierement considerez le regiment de la haulteur de 300. pieds, desquels le Capitaine en à 40. pour la haulteur de son parcq' A. & la rue entre le parcq du
Capitaine

Capitaine & la hutte du Lieutenant avecq celle de l'Enseigne, est vne rue 30. pieds
de large, avecque la potence ou les picques sont posées à l'encontre, & 18. pieds du
parcq du Capitaine, & 12. de la hutte du Lieutenant, & le pied des picques avecq
une rue de 8. pieds de large, & de l'un pied des picques à l'aultre, pied d'icelles
à l'aultre costé de la potence, il y à aussy 8 pieds, & deux parcqs du Capitaine &
le pied des picques, il y à vne rue large de 14 pieds, font justement le 30. pieds
pour laditte rue, avecq le parc du Cap. & la rue hutte du Lieutenant, ce qui est l'ordre le plus plaisant & le plus propre, qui se puisse tenir à loger ung Regiment d'Infanterie: pour le bastiment du rang de huttes des soldatz il y à 180. pieds de haulteur,
la rue des vivandiers est de 30. pieds de haulteur, & la place ordonnée pour y faire le
feu à cuisiner 10. pieds de haulteur, font les 300. pieds qu'on observe pour loger vng
Regiment en la haulteur, nous avons mis au plan precedent, que la Compaigne Colonnelle est de 200. soldats, & de quatre rangs des huttes, & la Compaignie du Lieutenant Collonel de 150. soldats, & de trois rangs des huttes, & les aultres Compaignies de 100. hommes, & de deux rangs de huttes doncques tel Regiment à en front
ou largeur 500. pieds.

Le Regiment d'Infanterie duquel avons faict declaration, est la premiere partie
ou despend le logement d'vne Armée.

Declaration des mesures observées en ceste deuxieme maniere des Regiments
d'Infanterie en Campaigne, tousiours observant la mesure de 300 pieds de haulteur.

Pour le Regiment suivant l'ordre du General de l'Armée, duquel regiment avons
faict le plan de 10. Compaignies, à sçavoir, la Compaignie Colonelle de 150. soldatz,
& à trois rangs des huttes, les aultres neuf Compaignies de cent soldats & deux rangs
des huttes de soldats, en premier lieu la Compaignie Colonelle loge tousiours à
main droicte marque D. E. du parcq du Collonel marqué F. G. dont tel regiment
à de front ou largeur de A. I. 404. pieds, & de Lieutenant Collonel & sa Compaignie, est tousiours logé à main gauche du parcq du Collonel marque H. la Compaignie du Sergeant Major du regiment est tousiours logé a la main droicte du regiment marcqué A. B. la plus ancienne Compaignie du regiment ferme le bastail-
lon du Lieutenant Collonel I. K, & la plus ancienne apres icelle loge tout contre la
Compagnie du Sergeant Major C. & ainsi les plus anciennes Compagnies en suivant, de A. jusques a B. sont 24. pieds de large, pour le parcq du Sergeant Major, ne
pouvant par ainsi prendre pouce ne demy pied plus ne moins pour la largeur ny haulteur, d'autant que cela rendroit ung grand disordre & confusion au logement d'un
Regiment, Car le *Tref-Illustre Prince d'Orange Maurice*, de tref-haulte memoire á si ex-
cellemment bien ordonné les Logements de son Armée qu'il n'y à Officier tant
grand que petit, voire jusques aux moindres soldats á pied & á Cheval, qu'ils ne
confessent tous avoir autant de place qu'il leur est de besoing pour loger, voila
comme il n'est permis á personne de ne prendre plus ne moins de place qu'il ne luy
sera donné, par le Mareschal des logis du Regiment, Or pour venir á la declaration

tion des mesures observées en ce plan,il y à de B. jusques à C. 8. pieds de large pour la rue entre le Sergeant Major & la Capitaine, estant logé tousiours contre luy, esquelles rues n'est nullement permis de ficher cheville en terre pour y attacher aucun cordages de tentes,d'aultant qu'il fault que ces rues soyent libres, à cause qu'arrivant vne allarme de nuiêt les soldats & autres courants par icelle rue vers la place d'Arme, tomberoyent par dessus les cordes & chevilles. De D. jusques à E. y à 32. pieds de large pour le parcp du Lieutenant de la Compagnie Colonnelle, pour y mestre ses Tentes cuisme & escurie,voila pour quon ià plus de place que les aultres Capitanies.

De E. à. F y à 16. pieds de large pour la rue entre le parcq du Collonnel & celuy du Lieutenant de sa Compaignie, laquelle rue ne devroit estre plus large que les aultres à scavoir de 8.pieds , mais puis que lesdiêt lieu à assez de place de 32. pieds de largeur pour mestre sa tente & cuisine , nous avons faiêt la susdiête rue de 16. pieds de large.

De F.G. font 68. pieds de large pour le parcq du Collonnel, auquel il met ces tentes cuisine escurie & huttes,& en cas qu'il n'aye assez de place, il mettera sa cuisine ou escurie dans la parcq des Officiers du Regiment marcqué de T.V. W. Y. par cy devant les Collonels ne souloyent mettre leur Tentes plus avant que celles des Capitaines,mais quelques nations de Collonnels mettent à present leur tentes devant celles des Capitaines , à scavoir le derrierre de leur parc en droiête ligne avecq le devant du parcq des Capitaines , par ainsi les Collonnels empechent la veue de tout le costé du front, lequel ordre le deffinct sieur Stephin (celebre Mathematicien) ne prisoit nullement,disant qu'on le le devoit permestre.

De G. a H. font 8. pieds pour la rue entre le parcq du Collonnel,& le Lieutenant Collonnel.

De W. à Y. font 68. pieds de large & 100. pieds de haulteur, pour le parcq des haults Officiers dudiêt regiment, comme pour le Sergeant Major (s'il n'a point de Compagnie) est logé au parcq W.V.T.Y. avecq le Mareschal des logis, le ministre & Chirurgien & le Prevost, loge au mitan du rang des vivandiers.

De X. & Z. font 68. pieds de large, & de V. X. font 100. pieds de haulteur , pour le parcq ou on met les chariots du regiment, à scavoir celuy du Collonnel, Lieutenant Collonnel, Sergeant Major,Mareschal des logis, Ministre,Chirurgien Prevost & ceux des Capitaines.

Sensuit les mesures qu'on observe en ceste facon de Plan.

En la haulteur de A. jusques à &. font 300.pieds, de I. K. 40. pieds, de haulteur, pour les parcqs des Capitaines & celle du Collonnel.

De K.O font 20. pieds pour la rue entre le parcq des Capitaines & Enseignes, avecque la hutte du Lieutenant,qui ont tous leurs sorties vers la rue des Armes.

De K.L.sôt 6.pieds pour la rue entre le parcq du Capitaine & le pied des picques.

De L.M. font 4. pieds jusques au pied de la pottence,ou les picques font posées à lencontre, laquelle pottence est de 12. pieds de hault & 8. pieds de large.

De M. à N. font encore 4.pieds, & du pied de la pottence jusques au pied des picques font 8.pieds,l'un de l'aultre, affin que le vent ne puisse si tost renverser.

De N. O. font 6.pieds pour la rue entre le pied les picques jusques à la hutte du Lieutenant & Enseigne,le Lieutenant ayant sa hutte a main droiête, & l'Enseigne

a main

à main gauche, & ont leur portes ou fortie devers la rue de picques devant les huttes,lefquelles huttes font de 10. pieds de haulteur,& 8. pieds de large', comme les huttes des foldats font de 8. pieds en quarré pour deus Soldats, que fi trois ou quatre foldats veulent loger enfemble, il leur eft permis de baftir vne hutte de 10. ou 12. pieds
de haulteur & 8. de large,& ne fault pas qu'une hutte foit plus large que l'aultre , parce que les rangs d'icelles doivent eftre baftie fur vne ligne droicte , & les huttes des
Sergeans,derrierre les rangs des huttes des foldats, & ont leur forties vers la rue des
vivandiers, ou s'ils veulent du cofté des foldats, qui ont leur forties vis à vis l'un de
l'aultre,ne leur eftant permis de fortir vers la rue d'une prochaine Compaignie,ny de
faire leur ordures es dictes rues,pour empecher puanteur & Maladie.

De O. à P. font 200. pieds de haulteur pour le baftiment des rangs des huttes des
foldats Lieutenants Enfeignes & Sergeants.

De P. Q. font 20. pieds pour la rue des vivandiers , en laquelle n'eft permis à nulle
perfonne qui foit d'y jefter trippes,fang de beftes,ou aultre puanteur,à certaine amende, ains les doivent porter en certain lieu à ce ordonné , fur quoy le Prevoft du regiment prend garde, lequel à fa part des Amendes.

De Q. à. R. font 10. pieds en quarré pour le baftiment des huttes des vivandiers,
& non plus, fi ce n'eft qu'un d'eux ait beaucoup d'ordinaires, lors le Marefchal de
logis luy donne 2. ou trois pieds davantage en largeur pour obferver la mefure de
300. pieds de haulteur pour le regiment.

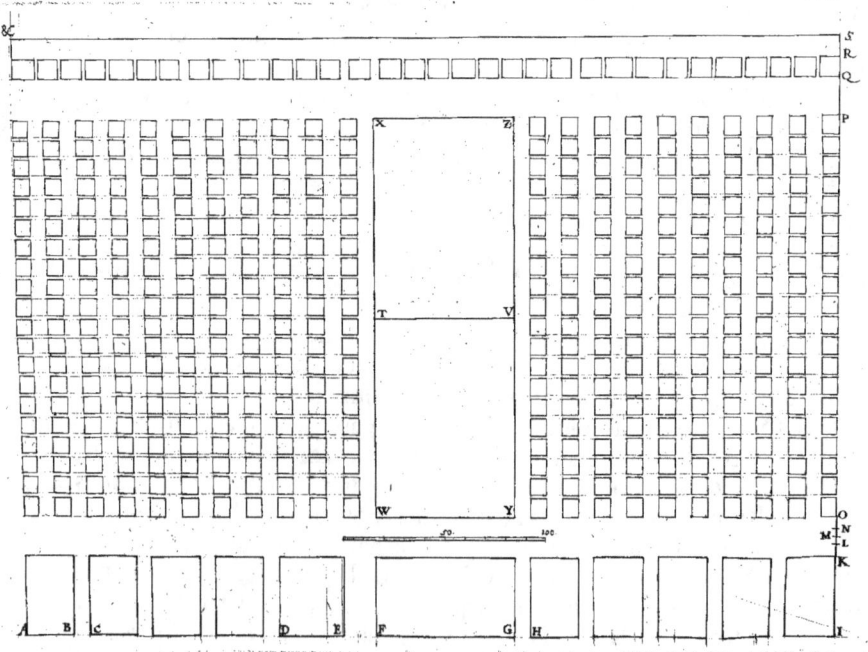

De R. à S.

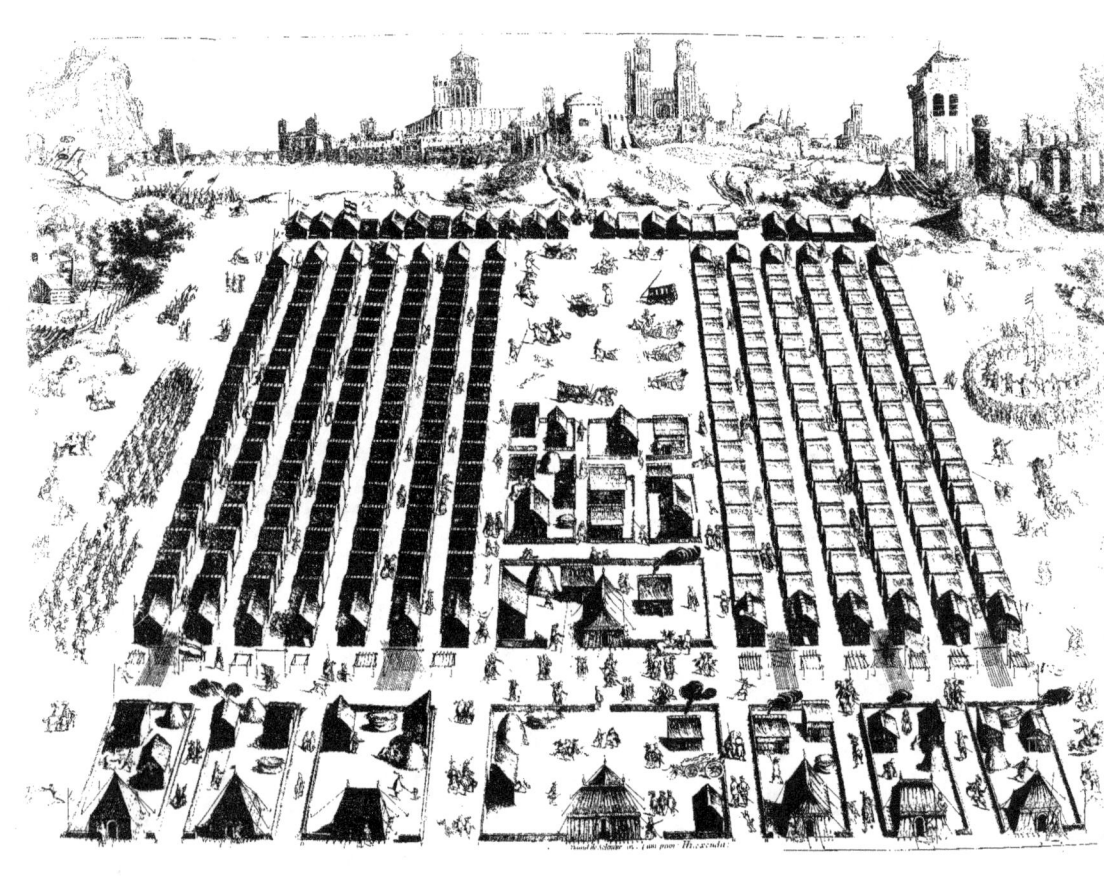

De R. à S. font 10. pieds pour vne place ordonnée aux vivandiers à y faire du feu pour cuifiner, & ou les Soldats & femmes font tenus d'y aller querrir leur vyandes, & non dans les rues de 8. pieds entre les huttes des Soldats pour empecher le feu au quartier, & n'eft permis aux Soldats & femmes d'avoir lumiere de nuiét en leur hut-tes, apres que le Canon à tiré à neuf heures du foir, à paine de certaine amende, à quoy le Prevoft prend garde.

Senfuit le plan du Regiment d'Infanterie duquel avons cy devant faiét mention.

Et affin de mieulx comprendre lediét plan avecq la defcription d'icelle, j'ay enco-re mis icy le relief dudiét quartier d'Infanterie, comme fe voit en la figure fuivante.

La feconde declaration des mefures, obfervées en ce quartier du regiment d'Infanterie, fuyvant les mefures ordonnées par le Tref-Illuftre Prince d'Orange General de l'Armée.

Premieremét eft ce regiment de 10. Compaignies, duquel la compagnie du Collo-nel eft de 150. hommes, & les aultres neuf Compaignies de 120. Soldats, lequel regi-mentà en front de A. jufques a, B-404. pieds, & de B. a C. 300. pieds de haulteur, com-me toutes les aultres fix parties (de quoy nous avons faiét mention cy devant) en le-quels dependent le logement de toute l'Armée.

D. eft le parcq ou eft logé le Sergeant Major, large 24. pieds, comme fa Compaig-nie de 120. hômes, & ont deux rangs des huttes comme ont les aultres Compaignies fufdiétes, & à lefdiét parc en lógeur 40. pieds, aufly ont les aultres parcx des Capitaines.

E. font rues de 8. pied de large.

F. eft le parcq du Lieutenant Collonnel, de 150. hommes lefquels ont trois rangs des huttes, lequel parcq à 32. pieds en largeur, & 40. pieds de haulteur, & quand le Compaignie eft de 200. hommes ilz ont 4 rangs des huttes.

G. vne rúe de 16. pieds de large, entre le parcq du Collonnel, & fon Lieutenant.

H. le parcq du Colonnel, large 68. pieds.

I. parcq du Lieutenant Collonnel du regiment, lequel eft logé au main gauche du Collonnel, & fa Compaignie derrierre fon parcq.

K. eft le parcq, ou eft logé le plus anchien Capitaine du regiment, lequel ferme le Bataillion à la main gauche du Collonnel, & le plus anchien Capitaine apres luy, fe lo-ge contre la Compaignie du Sergeant Major, à la main droiéte du regiment marcqué D. ainfi fuivét tous les aultres Capitaines des plus anciennes Compaignies enlogeant.

De B. a L. 40. pieds de haulteur.

De L. a M. font 30. pieds pour vne rue, entre le parcq des Capitaines & des hut-tes des Soldats, laquelle rue eft divifée en trois parties, affavoir du parcq K. jufques au premier pied des picques eft vne rue de 14. pieds de large, &c.

N. hutte du Lieutenant à la main droiéte du rang des huttes, laquelle à 10. pieds en la haulteur & 8 pieds de large.

O hutte de l'Enfeigne la mefure eft comme la fufdiéte, & entre tous les huttes, il y à deux pieds d'efpace pour la goultier de pluye quelle ne d'efcoulle dedans les hut-tes des Soldats.

De M. à P. 180. pieds de haulteur pour les rangs des huttes fufdits, & la hutte du Lieutenant & Enfeigne marcqué. P. & les huttes des Sergeans, font au dernier rang, de 8. pieds en quarré, & les Soldats ont leurs forties de leur huttes vis àvis l'un l'aultre, & une rue morte entre les deux Compaignies.

De P. a

De P. à Q. eſt vne rue de 30. pieds large, nommée la rue des vivandiers.

R. huttes des vivandiers de 10. pieds en quarré.

S. rue de 10. pieds large, pour cuiſiner la vyande,

T. parcq du miniſtre de 34, pieds de large, & 45. pieds de large, & 45. pieds de long.

V. parcq du Mareſchal du logis, ou, Quartier maiſtre, d'une meſme meſure.

W. parcq du Chirurgien, du meſure comme les ſuſdittes.

X. parcq pour le Prevoſt du regiment, de la grandeur comme les ſuſdictes.

Y. eſt vne parcq pour y meſtre les chariots du Collonnel Capitaines, Quartier maiſtre, Chirurgien, Prevoſt, &c. Lequel à en largeur 68. pieds, & 90. en la haulteur.

Senſuit le ſecond pland d'un Regiment d'Infanterie, duquel eſt la deſcription ſuſdict.

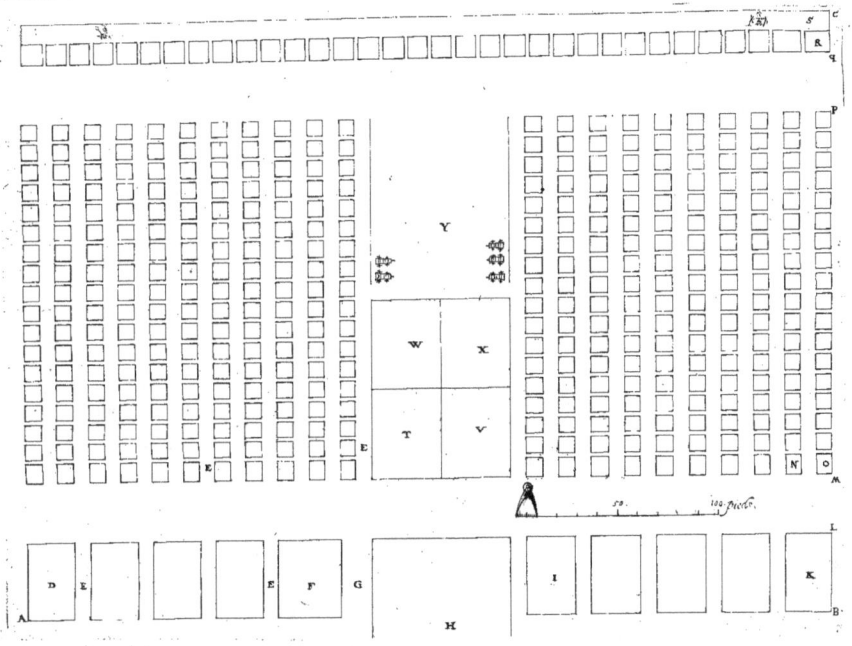

Afin de mieulx comprendre ce deuſieſme deſcription avecque la plan geome-tricque d'un regiment d'Infanterie, jay encore a joint icy le relief en perſpective, & en grande forme, pour tant mieulx faire ſatisfaction à l'Amateur de la melice.

CHAPITRE IX.
I.

Touſchant le baſtiment des huttes des Soldats, qu'ilz ſoyent de bonne façon, & ce qui en deſpend &c.

ON voidt ſouventefois le peu de ſoing qu' aucuns Soldats prennent à battir leur huttes, ne conſiderant ſi elles ne ſont bien façonnées ny couvertes, qu'ilz auront

grande

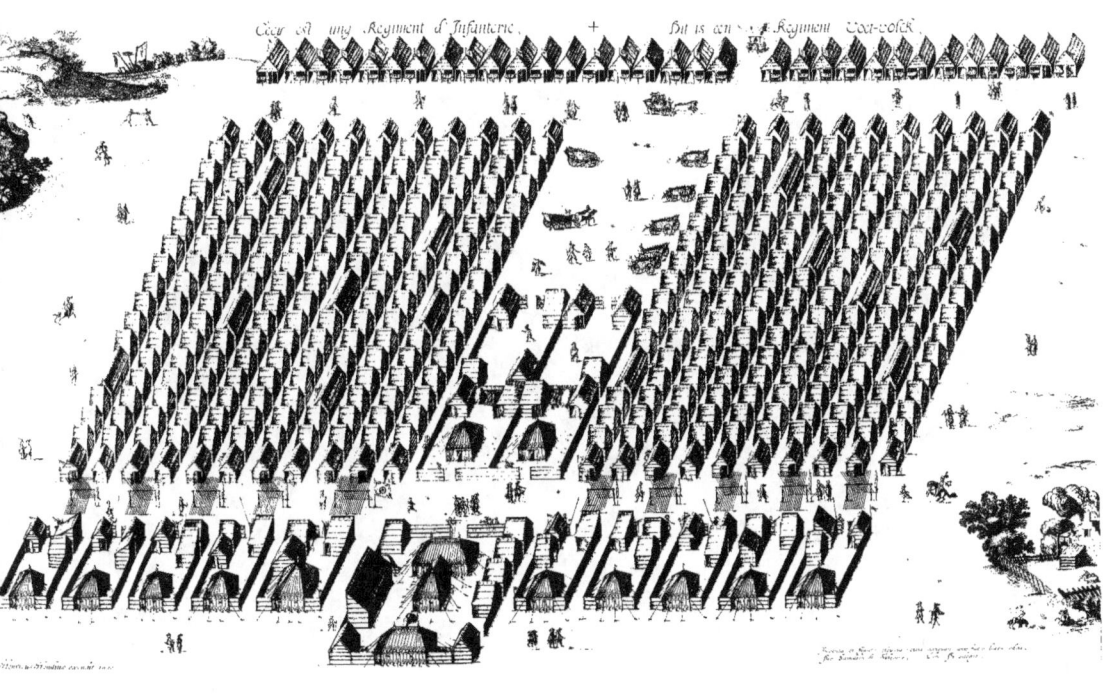

Cecy est ung Regiment d'Infanterie. + Et is cen... Regiment Coca-coleR.

La troisiesme Plan d'Infanterie.

L'Amateur estant bien Instruyé de loger vng regiment d'Infanterie cèluy sera leger de Comprendre les suyvantes quartiers, c'est pourquoy nous avons a jousté
ceste troisiesme plan, en laquelle on peult voire le Changement dudict Regiment en
Campaigne, ainsi ordonné par son Excellence *Fridric Henrij Prince d'Orange*, en lequel sont mis le parcx du Collonnel & des Capitaines, parmy les huttes des Vyvan-
diers & celles des Soldats, pour tant mieux empecher le feu du quartier, & arrivant
vn allarme les Soldats sont plustot prest pour leur deffence contre leur Ennemy
qu'autrement, laisant ainsi le front les huttes des Soldats. Nous avons Prins ce
Regiment à dix Compaignies, la Compaignie du Collonnel 150. hommes, & les
aultres à 120,

Le front de A.a B.404.pieds, & de B.a.C.300.pieds de hauteur. D.parc du Sergeant
Major, large 24,pieds, & sa Compaignie de 120, hommes, & ont tout deux rangs des
huttes, & son parc en haulteur 40,pieds. E, rues de huict pieds de large, F, parc du Lieutenant Collonnel de 32, pieds de large, & 40, de hauteur, & sa Compaignie de
150, hommes, ont trois rangs des huttes, G, vne rue de 16, pieds de large, H, parc du
Collonnel, lequel à en largeur 68, pieds, & haut côme les susditz, I. le Lieutenant Collonnel, lequel est logé au main gauche du Collonnel. K. parc du plus anchien Capitaine du Regiment fermant la Bataillion au main gauche. De B.a L. 180. pieds de
hauteur pour les huttes des Soldats, lesquels huttes ont 8. pieds en quarré. De L. a.
M. vne rue de 30. pieds de large. De M.a N. 40. pieds de haulteur, pour le parc du
Collonnel, & celles des Capitaines De N.a O, vne rue de 30. pieds de large. Nommée le rue des Vivandiers, De O, a C, 20, pieds de hauteur 10, pour les huttes des
Vivandiers, & 10, pour la rue derriere les huttes pour Cuysiner la Vyande, T, parc
du Ministre, V, celle du Mareschal du logis, W, du Chirurgien, X parc du Prevost
du Regiment de 34, pieds de large, & 45. pieds de haulteur, Y, parc pour mettre les
Chariots du Collonnel Capitaines &c, 68, pieds de large & 90, de hauteur,

Sensuit le troisiesme & dernierre plan d'Infanterie.

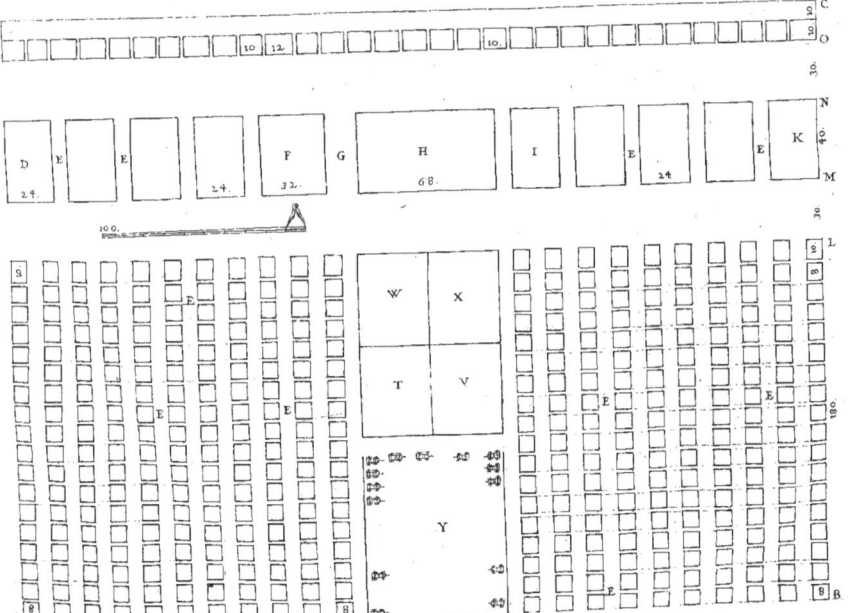

grande incommodité de la pluye,& mauvais temps, dont l'dumidité leur peult cau-
fer grandes malladies, or pour icelles bien faconner fault prendre deux panteaux du
mitan de la hutte de 8. pieds en quarré , à fcavoir du mitan & du derrierre marcquez
en la figure fuivante de la laiftre A. de onfé pieds de hault hors de terre, & les quatre
petits potteaux ou fourchettes aux quatre coïngs de la hutte marcquez de B. cincq
pieds de hault hors la terre , obfervant es mefures la hutte ne fera trop platte ny trop
pointue,comme la figure fuivante le monftre.

C'eft honneur aux Collonnels Capitaines & Soldats que leur regiments font logé & bafti en bon ordre, à quoy ne faut que les Soldats foyent fi pareffeux & non-
chalant,comme il fe voit bien fouvent de plufieurs, or afin de coucher à leur aife, eviter l'humidité de la terre, pour conferver la fanté, prenez quatre petites fourchettes
à fcavoir les deux du chevet de couchette deux pieds hors de terre, & les deux aultres
forchettes pour le pied, de la dicte couchette, qui fera d'un pied & demy de hault, 6.
de loing & 4. pieds de large,pour deux Soldats, y à genceant des baftons & de la paille
par deffus.

Et pour baftir les huttes de 10. pieds en quarré d'une bonne facon, il fault prendre
les 2. panteaux ou forchez de derriere & devant de la hutte marcque A. de 13. pieds
de hault,avecq les quatre des coings marcquez de B. en obfervant les fufdittes mefures,icy faict au figure fuivante, les huttes feront d'une bonne facon.

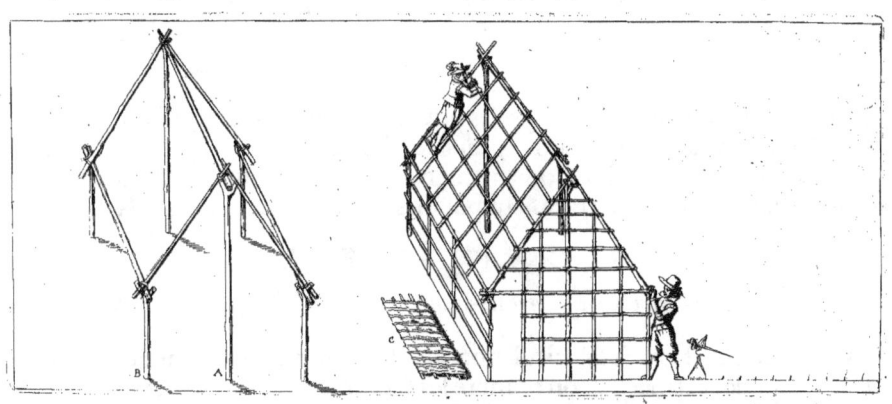

Du baftiment des huttes tref-neceffaire pour prendre moins de place que cy devant
en la haulteur de 200. ou 180. pieds , pour le rang des huttes des
Soldats , ou pour meftre plus des huttes &c.

II.

AV lieu que cy devant nous avons pris 8. pieds en quarré pour la hutte de deux
Soldats,on la pourra faire de 8. pieds de long & que fix pieds de large pour deux
Soldats,n'ayant point de femme,& par tel moyen on pourra meftre 6. huttes d'avant-
tage dans la haulteur de 200. pieds,pour le baftiment des rangs des huttes, & refteroit
encore quatre pieds de furplus que l'on pourroit approprier , à fcavoir 2. pieds pour
les huttes des Sergeans, & deux pieds pour celles des Lieutenants & de l'Enfeignes,

qui

22

qui feroyent de douze pieds de haulteur,& celles des Sergeans de 10. pieds, & de 8.de large,fuivant quoy deux foldats peuvent aifement loger en vne hutte de 6. pieds de long,& 6. pieds de haulteur.

*Du Baftiment des huttes en temps qu'il y à peu de
paille & de bois à recouvrir,&c.*

III.

AV lieu que nous avons dict cydevant, de baftir les huttes de 8. pieds en quarré pour deux foldatz, les faudroit de 16. pieds de large & 12.pieds de haulteur pour quatre foldats, & fauldroit faire vne feparation au mitan avecq panteaux ou fourchez, qui feruiroyent auffy à fouftenir le foyt, par telle feparation, les deux Soldats feroyent auffy bien appart comme 2. à 2. en vne hutte, & lors que les quatre Soldats feroyent camerades enfemble, n'auroyent que faire de feperation, mais le malheur pourroit arriver que le feu fe meftant au quartier,tout le rang feroit en danger d'eftre bruflé.

*Demonftrans comme il fault que le Marefchal de logis fe regle felon l'occafion & la
commodité des Campaignes,ou il fault loger le regiment n'y ayant tant de place pour le loger felon l'ordre de 300. pieds de haulteur.*

IIII.

LOrs au lieu de faire deux rangs des huttes pour vne Compagnie de 100. Soldats, il fault alors faire trois ou quatre rangs de huttes pour vne Compaignie, & fault premierement regarder fi la Compaignie eft affez large pour y pouvoir faire tant de rangs de huttes davantage en largeur,pour les Compaignies fufdittes &c.

CAPITRE X.

Declarant comme le retrenchement de l'Armée fe faict par les foldats.

PRemierement on faict calculation combien de verges il y aura à retrencher à l'entour de l'Armée, & on nombre les Compagnies qu'il y à, apres on regarde combien de verges chafque Compagnie aura à retrancher pour fa part, dont les foldats ne font payez dudict travail, d'aultant que c'eft pour leur deffence.

CHAPITRE XI.

*De l'ordre & Commandement aux Soldats pour
aller travailler aux approches.*

LE commandement fe faict par le General de l'Armée à fcavoir quand le Major General va recevoir le mot du guet du General fufdit, il demande combien de foldats il veult qu'on commande pour aller travailler aux approches,à fcavoir d'un tel regiment tant de chafque Compagnie, foit 12.20. ou 30. foldats, & vn Sergeant

pour

pour les commander, lequel Major General ayant receu tel commandement du fufdict General de l'Armée, ou du Marefchal du camp, il faict rapport aux Sergeans
Majeurs des regiments, qu'il fault commander tant des Soldats de leur regiments
ponr travailler aux approches, & donnant le mot aux Sergeants, dict auffy au Marefchal de logis, qu'il commande tant des Soldats de telle & telle Compaignie pour aller travailler, chafque Compagnie ont leur rang, car tous Soldats vouldroyent bien
gaigner l'argent, parce qu'ils ont aulcunefois, 12. 15. ou 20. fouls par jour, & aultant
ou plus la nuict, le Sergeant qui les commande à double paye, lequel eft tenu de mener les Soldats devant la hutte du Marefchal de logis, lequel les mene tous au Magafin des Metheriaulx, & content tout les Soldats, meftant tous les noms par efcrit
des Sergeans, de telle & telle Compagnie, qui travaillent en un tel jour, avecq autant
des foldats à un tel travail.

CHAPITRE XII.

Comme on recoit les Matereaux, comme le Controleur nombre
les Soldats, & comme on faict les rolles.

LE Marefchal de logis recoit luy mefme les materiaux des mains du Commis, ou
de les Conducteurs, foit pailles, haches, haveux, broutes, & de ce qu'ils ont de befoing pour le travail, ce faict, ledict Marefchal donne vng recepice au Commis confeffant avoir receu tant de telz & telz Matereaux, lefquels on donne entre les mains
des Sergeants, & non aux Soldatz, lefquels Sergeants les doivent relivrer entre les
mains dudict Marefchal, que s'il refte quelq'uns des dicts Materiaux, le Marefchal le
faict payer au Sergeant, toutefois avecq l'acquit du Sergeant il en peult refpondre au
Commis, que s'il arrivoit que le Sergeant demeuraft aux trenchées, & que quelques Materiaulx fuffent perdus, le Marefchal des logis eft tenu de les payer au Commis, car iceulx ne s'adreffent qu'au dict Marefchal.

Et lors que tous les Materiaulx font receu, le Marefchal va avecq les Sergeants
& tous les Soldats vers le Controlleur des ouvrages, lequel conte tous les Soldats &
les Sergeants, & les enrole tous avant que d'aller travailler aux trenchées, à fcavoir
tant de tel regiment à telles approches, dont les Conducteurs des Contrerolleurs
amenent les Sergeants, & tous les Soldats au travail des Approches.

Et quand ilz retournent du travail, les Sergeants amenent tous les foldats devant
la hutte du Marefchal de logis pour aller rendre les Materiaux au Commiffaris, ou
au Conducteur qui les avoit livrez, & le Sergeant prend fon acquit du Marefchal, &
ledict Marefchal reprend le fien du Commis du Magafin, que s'il y mancque quelques Materiaux, le Sergeant le meet fur le dos de fon acquit qu'il confeffe mancquer
telle ou telle pieces defdicts materiaulx, lequel acquit le Marefchal prend devers foy
jufques à ce qu'il donne l'Argent du travail, & le rabat au Sergeant qui le faict payer
au Soldat, qui à perdu la paille, hache, ou aultre material, & le Commis garde auffy
l'acquit du Marefchal, jufques à ce qu'il aye payé les dicts materiaux perdus, & pour
ceulx qui font rompus, on fatisfaict en rapportant les pieces diceulx lors que l'on
foubfigne les acquits.

II. Les

II.

Les Sergeans font tenus de faire vne lifte de tous les foldats qui ont travaillé, d'une telle Compaignie en vn tel jour & an, en tel travail, qu'ilz delivrent entre les mains du Marefchal de logis, lequel en faict vng double, & de toutes ces liftes en faict vng rolle, qu'il delivre entre le main du Contrerolleur, lequel à compté les foldats en al-lant aux approches, affin de les figner & confeffer qu'un tel jour du mois, il vont tant des Soldats & Sergeants au travail de telles approches, gaignant aultant par jour, & montant telle fomme &c. lequelle role ou lifte generale, le Marefchal porte au Commis du Magafin des Materiaux, lequel foubfigne & confeffe auffy avoir receu tous lefdicts Materiaux, laditte lifte eftant ainfi fignée, on la porte au Pagador pour recevoir l'argent du travail, lequel eftant receu, le Marefchal er donne acquict audict Pagador.

Des Materiaux rompus au travail.

III.

EN cas que quelque foldat par malheur en travaillant en vienne à rompre quelque materiau, il n'eft pas tenu de le payer, ains rapporter les pieces au Commis du Magafin, mais fi quelque Conducteur eftant aux approchez, & voyant que quelque foldat en rompe par malice, jceluy foldat eft tenu de le payer.

IIII.

Pour la paine que le Marefchal de logis à de recevoir, diftribuer & relivrer lef-dicts materiaux, de tenir rolle, foliciter l'argent, & payer les foldats, & Sergeants, il à 20. denier, ou de 20. foulz vng, que fi lefdict Marefchal recoit l'argent trop hault, trop leger, ou faulx, il eft tenu de le faire bon au Sergeant & foldats.

V.

Le Marefchal de logis doibt avoir aupres de fa hutte aultant de matereaux qui luy fera de befoing, ce qui feroit beaucoup moins de peine pour lefdict Marefchal, Commis des Matereaux, Sergeans, & pour les foldats, car comme nous avons men-tionné, d'aller à toutes les fois avecq les Sergeants & foldats, recevoir les materiaux au Magafin, & les y rapporter, ce que fouvent il fault faire deux fois le jour, qui eft ainfi beaucoup de paine pour les Commis & Conducteurs, de les delivrer ainfi à tous les regiments de l'Armée.

Or pour empecher toutes ces paines, c'eft qu'il fault que le Marefchal de logis, ne donne qu'une fois recepice de fa main au Commis, confeffant qu'il à receu tant & telle forte de materiaux, qu'ilz promect delivrer au Magafin, lors que le Commis aura à faire, le Marefchal ayant tout ces matereaux en vne de fes huttes, le Sergeant Major du regiment commandra vne fentinelle de jour & de nuict pour la garder, qui fera un grand commodité pour les fufdicts Officiers & foldats, au lieu d'aller quer-rir & rapporter fi fouvent lefdicts materiaux, avecq le chariot dudict Marefchal, juf-ques au Magafin qui eft quelque fois bien loing du quartier.

C H A P I·

CHAPITRE XIII.

Comme le Mareschal de logis doibt marquer les distances entre les Musquets
& Picques, comme aussy la distance entre chasque Picquier & Mous-
quetaire, l'ors qu'on veult mestre vng Regiment, ou toute
l'Armée en Bataille, pour la faire voir à quelque
Ambassadeur ou Seigneur estranger.

ON laisse ordinairement 50. pieds de distance entre les picquiers & Musquetaires,
soit qu'on mette les picquiers devant & les Musquetaires derriere, de 10. ou 15.
de front, ou bien selon que le General de l'Armée l'ordonnera, l'on meĉt les picquiers
& Musquetaires en deux Bataillons, & laisse vne rue de 50. pieds de large entre deux,
& entre chasque Regiment vne rue de 60. 80. ou 100. pieds de large, & trois pieds
pour la distance d'entre chasque soldat, toutes lesquelles mesures doivent estre observées, ce que le Sergeant Major est tenu de dire, & en advertir le Mareschal de logis,
affin qu'il marque le lieu comme il fault.

CHAPITRE XIIII.

Traictans de recevoir les vivres en temps de necessité pour le Mareschal
des logis, à scavoir Fromage, Beurre & pain d'Ammonition.

ON recoit les Vivres d'Ammonition du Commissaire des Vivres ou ses Conducteurs, lesquels Vivres le Mareschal susdict va querir avecq son Chariot, les
Amenant dans le Quartier pour les distribuer aux Sergeans, & y ceulx aux soldats,
dont lesdict Mareschal donne vn recepice de sa main au Commissaire de Vivres,
qu'il à receu tant de Pain, de beurre, & de Fromage, le Sergeant donne aussy vn recepice au Mareschal, qu'il à receu tant de Vivres pour vne telle Compagnie, mestant
par escrit le nom des soldats, qu'il à distribué tant de pain, de livres de beure & de
Fromage, dont il en livre vne liste au Mareschal de logis, laquelle il delivre au Commissaire des Vivres, avecq la rolle des Sergeants, apres on rabat cela aux Capitaines,
& les Capitaines le font rabattre a leurs Escrivains de Compaignie, lors qu'ilz don-
nent le prest aux soldatz, soit en trois, quatre ou cincq prest, laquelle distribution arrive fort rarement a cause des batteaux, qui ordinairement suyvent l'Armée de ce
Pays-Bas, avecq si grande abondance de toute sorte de Vivres, que l'on pourroit de-
sirér, & à meillieur marche, que dans les villes, a cause qu'on ne paye point d'impost, &
quand il manque de pain, le Commissaire des Vivres en faict inccontinent cuyre aux
villages, qu'on amene avecq Chariots par tout dedans l'Armée, les soldats en achet-
tent tant que leur bourse en peult permestre, mais aulcuns sont tellement adonnez au
jeu, & perdent leur argent, que leur ventre s'en repent &c.

En temps de necessité, le Mareschal des logis est tenu de recevoir poudre, meche
& balles, pour le distribuer aux Sergeants, ce qui arrive aussy fort peu, & les Capitaines ne sont tenus de le payer, ains seulement delivrer aux Sergeans sans
recepice.

D   CHA.

CHAPITRE XV.

Declarant de la Deuxiefme partie du logement d'Armée, touchant la charge du Marefchal de logis de la Cavallerie, & auffy de l'ordre de loger au village & Campaigne &c.

PRemierement eft à fcavoir qu'au Pays-Bas, chafque Compagnie à vn Marefchal de logis, & n'ont point de Marefchal de logis de regiment (comme en Allemaigne) mais on à vng Marefchal General de toute la Cavallerie, & en Allemaigne on à des Marefchals de logis des regiments de 10. ou 12. Compagnies, au Pays-Bas les regiments ne font que de trois ou quatre Compaignies, toutefois au Palatinat il y avoit auffy vn Marefchal de logis General de l'Infanterie, & loge auffy la Cavallerie en General, leur monftrant ou nominent feulement leur Villages.

Il eft neceffaire au Marefchal de logis de la Cavallerie qu'il fache les fciences cy devant mentioné, vray eft que la Cavallerie loge fort peu en Campagne, fi ce n'eft per neceffité que l'Armée de l'Ennemy eft logée fort pres de la noftre, ou que les villages font trop efloignées, aultrement on loge toujours la Cavallerie es villages s'il eft poffible, mais il eft befoing qu'a tout evement le Marefchal de logis de Cavallerie fache les fciences fufdittes, & qu'a c'efte fin il foit proveu a temps d'Inftruments neceffaire, à fcavoir vn petit efquerre, vn devuidoir, & cordelette de 300. pieds, avec 32. petits battons, tout en forme & mefure comme eft mentiønnée, qui n'eft que fort peu de pacquage & grande commodité.

Or les mefures qu'un Marefchal des logis de Cavallerie doibt fcavoir pour loger vne Compagnie touchant de faire les quartiers es villages, c'eft vne mefme chofe mentionnées.

CHAPITRE XVI.

Comme il fault marcquer la corde pour loger vng regiment ou vne Compaignie de Cavallerie en Campagne ou vne Compagnie en large ou en front.

OR pour marcquer la corde du devuidoir, il fault coudre vng bout de ruban, ou autre chofe de quelque couleur que ce foit, à fcavoir le premier dix pieds de l'oeillet, qui eft au bout d'icelle, le deuxiefme ruban cincq pieds du premier, le troifiefme dix pieds du deuxiefme, le 4. vingt pieds du troifiefme, le 5. dix pieds du quatriefme, le 6. cincq pieds du cinquiefme, & le dernier feptiefme rubant 10. pieds du fixfieme, lefquelles fept marcques font feptante pieds de largeur pour la Compagnie de Cavallerie, & entre chafque Compaignie vne rue de vingte pieds de large.

C H A P I.

CHAPITRE XVII.

Comme le Mareſchal des logis doibt ſçavoir l'ordre du Marcher &c.

CY devant nous avons faict mention du marcher, ſoit que l'Infanterie aye l'Avantgarde Bataille on derriere-garde, la Cavallerie marche auſſy en trois trouppes comme l'Infanterie, mais l'Avantgarde de la Cavallerie marche devant toutte l'Armée, & la Bataille marche pres du Canon au mitan de l'Armée, ou la ou le Canon marche, ſoit entre l'Avantgarde & la Bataille de l'Infanterie ſelon l'ordonnance du General de l'Armée, & l'Arrieregarde de la Cavallerie marche derriere toute l'Infanterie, & tout le train de l'Armée, par ainſi le Mareſchal ſuſdit & tenu s'e bien enqueſter, pour par bon ordre ſçavoir loger ſa Compaignie, ſuivant touſiours l'ordre es villages cy devant mentionées.

Le Mareſchal ſuſdit de ſa Compaignie Collonnelle, doibt aller recevoir le Chariot & bagage de ſon Collonnel quand on les diſtribue, qui choiſit auſſy la meillieure maiſon pour ſon Collonnel d'entre les maiſons qu'on luy aura ordonné pour ſon regiment.

CAPITRE XVIII.

Comme le Mareſchal des logis doibt commencer à marcquer
& meſurer ſon quartier en Campagne.

AU plan 'cy devant avons monſtré de loger vn regiment d'Infanterie en deux ſortes, ſur la haulteur de 300. pieds qui eſt auſſy la meſme choſe pour vng regiment, ou Compagnie de Cavallerie, & quand la Cavallerie & Infanterie doivent loger enſemble, fault que tous deux obſervent vne meſure, en haulteur, à celle fin que la largeur des rues s'accordent, tirées ſur une ligne droicte.

Il fault marcquer la corde avecq vn aultre couleur de ruban pour en marcquer les meſures qu'on obſerve à la haulteur de 300. pieds, à ſçavoir ſur les meſme marcques & meſures cy devant mentionnées.

CHAPITRE XIX.

Des meſures qu'on obſerve à loger leſdict regiment de Cavallerie en Campaigne.

PRemierement à ce regiment quatre Compagnies, à ſçavoir deux Compagnies de Cuiraſſiers, & deux des Arquebuſiers, lequel à en front de A.B. 700. pieds, & de B. à C. 300. pieds de haulteur.

De A. à D. ſont 205. pieds en la largeur pour vne Compaignie Cuiraſſiers, laquelle eſt de 181. Chevaulx, à ſçavoir avecque 81. bidets, leſquelz ont cincq rangs des huttes & cincq rangs des Chevaux, leſquelz Cuiraſſiers ſont logé a la main droit du regiment.

De E. a Z. ſont 115. pieds large pour la Compagnie des Arquebuſiers, leſquels ſont de 100. Chevaulx & ilz ont trois rangs des huttes, & trois rangs des Chevaulx.

De A. a G. eſt le parcq, ou eſt logé le Collonnel dudict regiment a la main droicte, large 70. pieds, hault 40. pieds comme tous les aultres.

De H. à I.

De H. à I. 20. pieds, pour la rue entre le parcq du Collonnel & le parcq du Lieute-nant & la Cornette de laditte Compaignie Collonnel, lefquels fe logent tous deux en vng parcq marcqué I. K. lequel parcq eft comme le fufdict du Collonnel de 70. pieds de large & 40. de haulteur, le Lieutenant efte logé à la main droicte, & il à 40. pieds en largeur, & la Cornette à la main gauche, avecq vn des trompettes ayant 30. pied en largeur.

De K. à L. vne rue de 20. pieds de large comme le fufdicte, L. M. parcq ou fe lo-ge le Marefchal de logis, avecque deux aultres Cavalliers qu'il luy playra, large 25. pieds & 40. de haulteur, & leur hutte de 12. pieds en quarré audict parcq, pour leur trois, & leur efcurie 25. pieds pour 6. chevaux, de M. à N. 30. pieds pour la rue entre le parcqs des Officiers, & les huttes.

De N. à O. 180. pieds pour le baftiment des huttes des Cavalliers, à fcavoir pour les 16. huttes & 32. chevaux en vng rang (comme les regiments d'Infanterie) à celle fin quand les regiments des Cavalliers fe logent en Campagne parmy l'Infanterie, qu'alors ils feroyent vne mefme ligne devant & derrierre, & à travers les deux Com-paignies Cuiraffiers, il y à deux rues marqué P. de 13. pied de large & les huttes de 10. pieds, & 8. de haulteur, pour vn Cavallier avecq fon valet & bidet, entre les deux hut-tes, il y à deux pieds d'efpace pour la goutierre de leau de pluye, & lefdittes huttes ont leur fortie devers la tefte de leur chevauls & vne pettite fortie devers la rue, la ou ilz meftent leur foin & paille derriere leur hutte.

Q. font deux rues de 12. pieds de large, lefquelles paffent à travers les Compagnies des Arquebousiers.

R. vne rue de 15. pieds de large, entre les huttes des Cavalliers, & la mangeore de leurs chevaulx.

S. font dix pieds de long pour l'eftable des chevaulx, lefquels ont les teftes vers les huttes, & chafque cheval à quatre pieds large pour fa litierre, & huict pieds pour leur deux chevaulx, & ne peuvent prendre ny plus ny moins d'efpace, aultrement il donneroit defordre & confufion.

T. rue de 20. pieds de large, entre le derrierre de leurs Chevaulx, en laquelle rue ilz montent & defendent de leur Chevaulx, laquelle rue ilz font tenu de la tenir nette & d'emporter toutes les 2. ou trois jours le fumie.

V. rue de 30. pieds de large nommée la rue des vivandiers.

W. huttes des vivandiers, de 10. pieds en quarré, & ne peuvent prendre non plus d'efpace, mais filz ont beaucoup de Penfionaris, le Marefchal fufdit, leur donne vn ou deux pieds d'Avantage en largeur & non en longeur pour obferver la mefure de 300. pieds en la haulteur.

X. font encores 10. pieds derrierre les huttes des vivandiers pour vne place de cuire le vyande pour les vivandiers Cavalliers & leur femmes valetz &c.

Et ne peuvent faire du feu en aulcun aultre lieu, pour empecher le feu au quartier, aufsi ne peuvent jetter aulcune ordure ou tripes dedans le quartier, mais font tenus de l'apporter au lieu ordonné à peine d'une amende, comme cy devant eft mention-né, en la defcription de l'Infanterie.

E. & F. eft le parcq du Ridmaiftre ou Capitaine des Arquebousiers, de 70. pieds de largeur

www.ingramcontent.com/pod-product-compliance
Lightning Source LLC
Chambersburg PA
CBHW061711180626
46818CB00003B/1351

* 9 7 8 2 0 1 9 5 3 9 4 4 3 *